충청의 향기,

비단강처럼

대한문인협회 대전충청지회 동인 시집

동인지를 발간하며

끝이 보이지 않던 코로나의 긴 터널 속을 지나며 좌절과 무력함에 맞서 싸우던 날이 이제는 조금은 희망이 보이는 듯합니다.
문학인이기에 쓰러질 것 같은 좌절도 희망으로 승화시키고, 촛농처럼 녹아내리던 무력함도 마음을 다스릴 수 있는 창작이 움트는 따뜻한 가슴이 있기에 이 팔월의 뙤약볕도 무색하게 합니다.

대전충청지회의 동인지를 발간하며 "충청의 향기, 비단강처럼"은 사회의 일원으로 각자의 자리에서 아름답게 삶을 살아가는 진솔한 이야기를 그려낸 동인 시집으로, 동인들에게 창작활동의 담금질과 독자들에게 한 발 다가갈 수 있는 기회를 마련하고자 함입니다.

점점 설 자리가 좁아지는 중년의 삶에, 그동안 힘겨운 날들 잘 이겨냈다고 서로에게 힘찬 격려의 박수를 보내며, 우리들의 소중한 삶의 터, 대한문인협회의 무궁한 발전을 기원하며, “충청의 향기, 비단강처럼”에 동참해 주신 여러 시인님들께 감사드립니다. 그리고 대한문인협회 김락호 이사장님과 관계자 여러분들께도 감사함을 전합니다. 무더운 여름이 지나고 오곡백과가 익어가는 가을의 문턱에 “충청의 향기, 비단강처럼”의 향기가 널리널리 퍼져나가길 소망하며 대전충청지회의 동인지 발간사를 갈음합니다. 감사합니다.

대한문인협회 대전충청지회 지회장 안정순

시인 고옥선

>> 직선과 곡선 외 4편

2020년 대한문학세계 시 부문 등단
(사)창작문학예술인협의회 회원
대한문인협회 대전충청지회 정회원
한국문인협회 대전 충청지회 유성지부회원

〈공저〉
2020 유화로 보는 명인명시선
2020, 2021 명인명시 특선시인선
유성문학, 행복문학

직선과 곡선 / 고옥선

그들은 늘 자기주장만 요구하지 않는다
때로는 단면을 보이기도 한다

펜 끝에 따라 움직이는 마파람
나긋나긋 꽃잎이 되고 싶어 하고
휘어지는 둥근 공이 되어
통통 튀고 싶어도 한다

미세한 두 개의 촉수들은
서로의 길 위에
자기의 지문을 남기며
나비의 환상과 잠자리의 환상을 오고 간다

둘의 닮은 꼴은 각자의 지성을
선의 공간에서
아름다운 세계로 초대한다

상처 난 산 / 고옥선

하얀 눈이 솜처럼 쌓인
설산을 오른다

푸른 숲이 울창할 때
몰랐던 산은
허리를 잘리고 속내가 뚫려
상처 난 산이다

철탑 구조물이 가슴에 박혀도
말없이 젖가슴을
내어준
어머니 같은 산

이유와 변명으로 포장하며
산과 맞짱 뜨려다
무릎 꿇는다

뒤돌아 바라보는 발자국
찢겨져 들어난 오만한 뼈
깊이 패인 늪이다

내 모습 비춰질까
발걸음이 어서 가자 성화다

아름다운 춤 / 고옥선

음악을 넣지 않아도
충분히 흥겹다

가슴 따뜻한 온기가 리듬이며
의지하고 있는
야윈 어깨가 댄스다

실룩거리며 가슴을 기댄 채
한 발자국 한 발자국
따라 움직임이 블루스다

어떤 춤이 이보다 아름다울까

가슴을 밀착하고 움직이려는 의지는
삶의 투지며 애착이리라
한참을 걷다 보면 가슴이 뭉클해진다

이 세상에서 가장 아름다운 춤은
누군가의 의지가 되어
함께 움직이는 걸음마인 것을.....

백문동 / 고옥선

소나무 숲 사이로 스며드는
한 조각 빛을 받아
은은하게 피었다

위로 올라가는 꽃대는
빨간색이 아니라 품위 있고
노란색이 아니라 아름답다

묵언의 솟대마냥 청빈한 줄기는
한 자루의 붓
선비의 절개를 닮았구나

화려하지 않아도
기품 있는 보랏빛
조용한 사색이여

해 질 녘 노을빛에 보라색 꽃이
촛불처럼 빛난다

사랑의 노래 / 고옥선

나는 당신에게
당신은 나에게
들려줄 노래가 있습니다

당신의 가슴속에 꿈으로 있던
곱디고운 가락은
수수한 은빛 날개에 실려
내 마음속에 들어와
고요한 음악이 됩니다

당신을 위해 들려줄 나의 노래는
순수한 사월의 꽃
목련 같은 하얀 미소
영원히 변하지 않는 약속입니다

당신이 나에게 들려줄 노래에 실려
내가 당신에게 들려줄 하모니
우리의 변치 않는
사랑 고백입니다

시인 김노경

>> 그 시절 외 4편

충남 천안 거주
대한문학세계 시 부문 등단
(사)창작문학예술인협의회 회원
대한문인협회 대전충청지회 정회원

〈저서〉
제1시집 〈가슴에서 길을 나선다〉
제2시집 〈마네킹의 눈물〉

〈공저〉
2020 유화로 보는 명인명시선
2021 현대시와 인물 사전
2021 명인명시 특선시인선

그 시절 / 김노경

그 시절
텅 빈 하루 커져 버린 그리움

시간을 바라보는
나 같은 메시지인걸요

힘들게 사는 건 알면서
기쁜 행복을 가질 줄은 몰라

나를 버린 줄 알면서
버린 나를 찾아오지는 않지요

하늘 진자리 / 김노경

희망 저편 걷다 보면
하늘 진자리

한밤중
두 손 기도를 들어봐

별빛 파라다이스
나는 너를 염려해

마르고 닳도록
영원한 이 사랑

또다시 나 / 김노경

지나쳐온 날들은
나 같은 시간을 닮았습니다

잊힌 시간이지만
나를 또다시 보면 안 될까요

잠 못 드는 신들의 축제
가슴 태우듯 탄생이 피어나면

자유로운 가슴들은 수를 놓듯
크고 작은 사랑입니다

연인 시절 / 김노경

모를 거예요
기억할 수가 없어요
나를 부탁할게요

한순간은 아니겠지요
자유처럼 숨을 몰아쉬면서
틀렸다고 소리쳤어요

지울 수 없는 시간
또 다른 하나
내가 다르게 보이나요?

시린 사랑으로
그리운 기다림처럼
지나치는 시간이 이쁘고 곱네요

못다 한 말 / 김노경

어떨 땐
못나게 말하면서

꽃처럼 웃지만
향기처럼 슬프곤 해

그래도
못다 한 말이 남아서

널 사랑하고
그리워하지

시인 김재진

>> 해우소 내전 외 4편

대한문학세계 시, 수필 부문 등단
대한문인협회 사무국장

〈저서〉
시집 〈감성시객〉

〈공저〉
대한문인협회 동인 가곡집 〈명시, 가곡으로 만나다〉
2021 현대시와 인물 사전
시낭송 모음 시집 〈낭송하는 시인들〉
2020, 2021 현대시를 대표하는 명인 명시 특선시인선
2020 유화로 보는 명인명시선
박영애 시낭송 모음 8집 〈시 마음으로 읽다〉
제9기 대한창작문예대학 졸업 작품집 〈가자 詩 심으러〉
문학 어울림 동인 시집 〈어울림, 어울림 2〉

해우소 내전 / 김재진

시골 영감 해우소에서
새벽 기침 소리가 들려옵니다
밤새 거미는 거미줄을 치고
똥파리는 저공비행으로 영역을 경계합니다
문틈 새로는 부지런한 개미들 행렬이
꼬리에 꼬리를 물고 끝없이 이어집니다
이곳, 해우소에 주인은 과연 누구일까요
내심 서로서로 인정하긴 할까요
각자가 터득한 깨우침에 지혜로
제 삶의 방식을 나름대로 구현합니다
봄 여름 가을 겨울 지나고
이듬해 봄까지...

산촌의 개여울 여름 스케치 / 김재진

햇살 깁는 여름 숲은 푸른 향기 짙고
쪽빛 하늘 뭉게구름 두리둥실 떠가고
익어가는 밤나무 그늘 가지 찌르레기
구성지게 노래하는 한낮의 콘서트장

영지 따려다 줄무늬 모기한테 쫓기고
바위 틈새 개똥쑥 으깨어 귀 틀어막고
땀범벅 따끔따끔 개울물에 잠수타니
피라미 송사리 폴짝폴짝 인사 정겹네

너럭바위 휘도는 개여울에 앉노라니
찔레꽃 버들강아지 귀엣말 간질이고
웃자란 억새들 어깨 춤사위 덩실덩실
가을 전령 고추잠자리 시찰 비행하네

길섶에 고운 아씨들 쑥부쟁이 산나리
더위에 지쳤는지 꾸벅꾸벅 졸다가는
아닌 척 뭇 남정네 힐끔힐끔 쳐다보니
삼복더위가 계곡물에 졸졸졸 흘러가네

속옷 벗어 너럭바위 난간에 걸어 두고
붉어진 저녁놀에 젖는 맘을 말리노라니
세상 시름 설움은 왜가리가 물고 떠나고
범나비 고운 날갯짓에 하루해가 저무네

산은 나에게 / 김재진

짐짓 말은 없어도 푸근한
이녁의 발그림자 올라타고
천비산 중암사 가는 길섶의
선릉 비경에 걸터앉았습니다
선식 한 줌으로 시장기를 속이고
차 한 잔의 여유인들 좋습니다
제법 푸릇푸릇해진 대지 위에는
따사로운 햇살이 조곤조곤히 내려와
이내 격했던 마음을 가라앉힙니다
동녘을 향하는 청솔 가지는 힘차고
살랑살랑 일렁이는 산들바람 불어와
덩실덩실 어깨춤에 신명이 오릅니다
고운 임 주신 햇살과 비와 바람으로
궂은 자리인들 모름지기 평화롭습니다
지난해 머물던 자리는 여전하거늘…
허욕만 그득해 바삐 가는 저 나그네는
오고 가는 호사만도 어찌 좋으련만
인생살이 무상 타 중얼거립니다
긴 골짜기 타고 내리는 산들바람이
그만 푸념은 내려놓고 쉬어가라 합니다
품이 넉넉한 이녁이 늘 거기에 있기에
언제나 변함없는 저 산은 내게
그리운 벗이고 위안인가 봅니다

싸락눈 연가 / 김재진

멀리서 오랜 벗이 찾으니
술 한잔 아니할 수 없었습니다
먹구름 울먹여 서두른 줄도 모르고
칠흑 같은 마음 자락에
곤한 몸 뉘었습니다
당신이 온다는 것도 까맣게 잊고
한잠에 들었나 봅니다
아침 햇살이 창가를 두드려
당신이 오신 줄을 알았습니다
앙상한 나뭇가지 끝으로
가녀리게 내려앉은 당신은
참으로 결이 고왔습니다
새벽 여명이 중천을 오르고
시나브로 훈훈해진 바람결이
당신을 질투했나 봅니다
한순간에 이슬로 사라진 대도
참다운 당신을 기억하겠습니다.

몽당연필 / 김재진

어림짐작해 보이는 게 다가 아님을...
하루하루가 다르게 점점 왜소해지고
볼품은 없어지고 하세월이 안쓰럽지만
흑심이 줄어드니 마음은 되려 가벼워지고
나를 깎아 세상에 전한 말 평이하다지만
사랑하는 마음을 간곡히 담아 보냈으니
몸뚱어리는 어둡길 되어 사그라지겠지만
짐짓 마음만은 화르르 벙글어 피어남이니
뭘 더 그리 바라고 미련인들 두었겠는가
물길도 아래로 흘러가 대해를 이루리니
소소함에도 발상들을 꾹꾹 눌러 담아서는
푸릇푸릇한 것들에 찐 한 행복 전해보리니
이만하면 걸판지게 놀다가는 셈 치리네

시인 문철호

>> 나는 자연인이다 외 3편

호: 백하(柏下)
문학박사
대한문인협회 대전충청지회 정회원
대전문인총연합회 회원
한국현대시인협회 회원
국제계관시인연합·한국위원회(UPLI-KC) 회원

현) 대한창작문예대학 교수
현) 계간 『대한문학세계』 신인문학상 심사위원
현) 짧은 詩 짓기 전국 공모전 심사위원
현) 순우리말 글짓기 전국대회 공모전 심사위원

나는 자연인이다 / 문철호

'나는 자연인이다'
본방에 빠졌던 이유
첫 번째는 향수에 젖어
두 번째는 주인공들의 진솔함이 좋아
세 번째는 노후에 살아보겠다는 마음에서였다

'나는 자연인이다'
재방에 빠진 이유는
첫 번째, 두 번째, 세 번째……
위정자들의 위선적 모습이
마냥 뇌꼴스러워서 그렇다

국민을 개돼지로 여기며
우롱하고 기만하는 위정자들
그치들의 뇌꼴스러운 모습이 역겨워
소부와 허유의 기산 영수(箕山潁水) 찾아
리모컨을 다다닥 눌러 순간이동을 한다

'나는 자연인이다'
깊은 산골, 외딴섬에 사는

운동화에 핀 꽃 / 문철호

만년 청춘일 것만 같던 선생님도
밑창 해진 청색 운동화처럼 늙어
귀밑머리에 허옇게 서리가 내렸다

그는 제자를 가르치며 마냥 행복했지
교실에서 신던 실내용 청색 운동화도
주인 따라 귀밑머리에 서리가 앉았다

고단한 운동화에 화강토 깔고 심은
다육이가 대설에 노란 꽃을 피운 날
노년의 그는 가슴 설레는 소년이 된다

연정 / 문철호

주홍빛 물감이 한지에 곱게 스미듯
초록의 나뭇잎에 울긋불긋 물들 때
반짝 빛나는 먹눈의 해맑은 그녀가
낮달처럼 우리 곁으로 스며들었다

세 자녀를 키우는 억척스러운 어머니
교단에서는 꿀 떨어지는 눈빛으로
아이들에게 사랑을 전하는 선생님
가르치는 지금, 정말 행복하다네

만남이 있으면 반드시 헤어짐이 있듯
이별을 앞두고 사랑의 말도 못 한 채
초겨울 칼바람에 상처 입은 가슴으로
밤새워 뒤척이며 속울음 울었을 그녀

칼바람에 베인 상처 아물기도 전에
예쁜 가을을 시샘하는 막새바람 타고
기약 없는 여행길 나서는 낙엽처럼
우리 곁을 떠나갈 채비하는 그녀

사무치게 그립고 많이 보고 싶겠지만
언젠가 꼭 만날 것이라는 믿음 안고
잠시 스친 바람인 듯 스민 고운 인연
좋은 추억 안고 꽃길만 걷길 빌어본다

화분 꽃 / 문철호

‘예쁜 여우 생일 축하해’
‘엄빠가’

스물아홉 하늘에게
사무실에 예쁜 화분 꽃 하나가
도착하였다

경자년 여름 스물아홉 하늘
엄빠는 마지막 이십 대의 예쁜 여우가
서른의 초입에 발을 디디는 게
안타깝기도 하고 대견스럽기도 하다

눈에 넣어도 아프지 않고
바라만 봐도 마냥 행복을 주는 너를 보며
엄빠는 딸바보가 된다

늑대 같은 녀석에게 빼앗기지 않고
오래오래 품에 끼고 살고 싶은데
어느덧 예쁜 여우가 이십 대의 끝자락에 섰다

화려한 이십 대의 마지막 생일을
축하하며 보낸 화분 꽃이
서른의 문턱을 넘고 싶지 않은지
“엄빠, 저는 서른 안 먹을래요”
식음을 전폐한 화분의 예쁜 꽃이 야위어 가며
코로나보다 심한 아홉수를 겪고 있다

“하늘아, 너는 메밀꽃 피는 해수(海水)를 품은
푸른색이니 어떤 시련도 거뜬히 이겨낼 거야
세월이 지나도 엄빠의 마음속엔
영원한 이십 대 예쁜 여우인 거 알지?”

“하늘아, 사랑해”

시인 박영애

>> 수첩 속에 빛바랜 사진 외 4편

대한문학세계 시 부문 등단
(사)창작문학예술인협의회 부이사장
대한문인협회 부회장
문화예술 종합방송 아트TV '명인 명시를 찾아서' MC
대한창작문예대학 시창작과 교수
대한문학세계 심사위원 및 기자
대한시낭송가협회 명예회장
시낭송 교육 지도교수
짧은 詩 짓기 전국 공모전 심사위원
순우리말 글짓기 전국 공모전 심사위원
한국문학문학대상 수상 외 다수

〈저서〉
소리로 듣는 멀티시집 '명시 언어로 남다'외 10집

〈공저〉
名人名詩 특선시인선 외 다수

수첩 속에 빛바랜 사진 / 박영애

하얀 이를 드러낸
빛바랜 추억이
세월의 더께에 앉아
꿈을 안고 웃는다

꿈이 있었다
영원한 동심과 함께
늙어가고 싶은 꿈 하나와
복음 사역을 하고 싶은 소녀

마흔의 언저리에
사진첩의 소녀가 꿈을 안고
거울 속에서 웃는다

유년의 꿈 하나가
현실이 되어 여인의 품속으로 파고든다
내일의 창문을 열고서.

제목 : 수첩 속에 빛바랜 사진
시낭송 : 박영애
스마트폰으로 QR 코드를 스캔하면
시낭송을 감상할 수 있습니다

어머니의 눈물 / 박영애

촛불로 어둠을 밝히던 유년
장난으로 내디딘 헛발질에
삶을 태워버린 불꽃은
어머니의 가슴도 활활 태웠다

까맣게 타버린 어머니의 심장이
불길 속 아이들을 향한 절규로
어둠을 때리고
허공에 던진 어머니의 처절함은
아이들의 그을린 숨소리에
빛으로 녹아내렸다

어머니는
검은 연기 토해내는 날숨을 끌어안고
어둠을 밝히는 촛불로
세상 앞에 우뚝 섰다

심지가 까맣게 타들어 가
심장에 꽂힐지라도
어둠을 밝히는 것은
어머니의 마음이리라.

제목 : 어머니의 눈물
시낭송 : 박영애
스마트폰으로 QR 코드를 스캔하면
시낭송을 감상할 수 있습니다

애절한 사랑 / 박영애

질긴 고난의 세월
깊은 심장에 숨겨두고
바람에도 부끄러워하는 꽃잎이여

온몸을 불태운 고통의 상처 숨기고
산허리에 수줍게 피어나는 향기는
밤새 토해낸 사랑의 절규이어라

가파른 비탈길에
가녀린 뿌리에 온몸 맡기고
먼 그림자로 남아 있는 사랑 찾아
바람에 실려 보내는
애절한 사랑이여

그대가 피어난 자리
고난과 인고의 세월을 보내고
찾으리라 찾아가리라.

제목 : 애절한 사랑
작시 : 박영애, 작곡 : 안정모, 노래 임청화
스마트폰으로 QR 코드를 스캔하면
가곡을 감상할 수 있습니다

* 가곡 작시

감기 / 박영애

보이지 않게 조금씩 조금씩
감기 바이러스가 녹아들다
한순간에 훅 들어오듯
사랑도 그랬다

약을 먹어도 소용이 없고
아플 만큼 아픈 시간이 지나고
기다려야 낫는 감기처럼
이별의 아픔도 그랬다

사랑과 이별은
그렇게 찾아왔다

또 언제 다가올지 모르는 감기처럼.

제목 : 감기
시낭송 : 박영애
스마트폰으로 QR 코드를 스캔하면
시낭송을 감상할 수 있습니다

반기지 않은 손님 / 박영애

봄이 오는 길목에
초대하지 않은 이방인이 찾아와
이곳저곳을 싸돌아다니고 있다

소리 없이 찾아온 그는
기쁨 대신 슬픔을
웃음 대신 눈물을
희망 대신 불안을 심어놓고
유유히 자리를 떠난다

그를 만난 뒤로는
모든 것이 멈추고 아무것도 할 수 없고
호흡조차 멈춰 버린 듯 고통스럽다

시퍼렇게 멍든 가슴은
멍하니 하늘 바라보며
깊은 한숨을 토해내고
하얀 마스크로 모든 통로를 막아버린다

그는 그것을 즐기기라도 하듯
자기의 존재감을 과시하며
꼭꼭 숨어
날개 돋은 듯 활개를 치며 다닌다

보이지는 않지만
서서히 꽃이 피고 새싹이 돋는 봄이 찾아오듯
예고 없이 찾아온 그도
그렇게 우리 곁을 떠날 것이다.

제목 : 반기지 않은 손님
시낭송 : 박영애
스마트폰으로 QR 코드를 스캔하면
시낭송을 감상할 수 있습니다

시인 박윤종

>> 파종 외 4편

2017 대한문학세계 시 부문 등단
2017 대한문인협회 정회원
2018 향토문학 작품 경연대회 동상
2019 향토문학 작품 경연대회 동상, 한국문화 발전상 수상

파종 / 박윤종

봄날의 금줄 위에
아지랑이 올라앉아

새봄을 노래할 때
울 밑엔

뻐꾹새 노랫소리
심어볼까나

그 소리 처량할 때
봄비에 흠뻑 젖은

노란 개나리
가지가지 별 사탕을

엮어서 단다
빙그레 웃는 아이

볼우물 속에 행복한
미소 한 줌 심어 보련다

낙엽 / 박윤종

보라
소낙비 흐르던

푸른 낙엽 위에
세월에 초경이

흘러내린다
저무는 가을날

떨어진 낙엽 위에
세월이 익어간다

가로수 나무 밑엔
부서진 잔해들

그 길을 따라
고독한 마음은

시간 여행 떠난다

기도 / 박윤종

그리움 한 올 뽑아
소원 한 줄 엮어 달고

행여 스쳐 지나는
그대 눈동자는

보고 싶음이 만든
환각이려니

그리움마저
훌쩍 커버린

이 마음속에는
간직할 사랑 한 줌 없어라

그대 떠난 지금 / 박윤종

질퍽한 흙탕물에
애환이 흘러간다

애처로운 신음 소리
졸졸 옹알이처럼

그대 떠난 그 자리에
별빛이 녹아난다

달빛 비추이던
그 길엔 그림자

간 곳 없고
눈가엔 이별이 서럽다

떠나는 그 길에
미소한 조각 떨어져

또다시 별이 되고
달빛이 된다

제목 : 그대 떠난 지금
시낭송 : 최명자
스마트폰으로 QR 코드를 스캔하면
시낭송을 감상할 수 있습니다

폭포 / 박윤종

시름에
젖은 마음이

벼랑 끝에 매달려
세상을 노래한다

흥겨움은
단비 되고

고통은
찬가 되어

여과 없는
시간이

구멍 난
가슴에 떨어진다

시인 서금순

>> 자연이 주는 행복 외 4편

충북 제천 거주
2019년 대한문학세계 시 부문 등단
(사)창작문학예술인협의회 회원
대한문인협회 대전충청지회 정회원
대한문인협회 인천지회 동인문집 글꽃바람 1집 공저
2022년 좋은 시 선정

자연이 주는 행복 / 서금순

앞집 할머니네 감나무에
주황 꽃이 몽글몽글 피었습니다
비 그친 앞산엔 밥 짓는 연기처럼
희뿌연 안개가 피어오릅니다

맑게 갠 파란 하늘도 좋지만
비 오는 날, 아슴아슴 피어나는
안개 자욱한 하늘도 멋집니다

찌익 찌익찌 짹짹 째재 잭
예서제서 지저귀는 새들의 합창이
정겹습니다
말리려 널어놓은 땅콩에서
솔솔 고소한 냄새가 풍겨 납니다

턱 턱 일정한 리듬으로
돌밭을 파헤치는 남편의 쇠스랑 소리가
경쾌한 음악 같습니다

자연이 주는 잔잔한 행복 앞에
고맙습니다 감사합니다
몇 번이고 머리 숙여
마음의 인사 올립니다

겨울나무 / 서금순

산골의 겨울은 나목과 함께 온다

벌거벗은 가지 끝엔 차가운 바람이 울다가고
간간이 구름도 머물다 간다
연초록으로 빛나는 봄물 오른 나무도 예쁘지만
따스한 외투 한 벌, 장갑이나 목도리조차 걸치지 않은 채
자신의 민낯을 고스란히 보여주는 겨울나무는 의연하다

새들이 가지를 흔들어도 허허 웃어넘기고
뺨을 때리는 세찬 바람과도 윙윙 그네를 타고
달과 별들의 속 이야기도 가만히 들어준다

소복소복 하얀 눈 내리면
비로소 따스한 솜옷 한 벌 걸쳐 입고
한자리에 굳게 서서 기꺼이 배경이 되어
줄 줄 아는 아름다운 조연

계곡물소리 깊어지는 겨울
아침을 흔들어 깨우며 쉼 없이 흘러가는
계곡 속으로 저벅저벅 걸어 들어가
함께 흘러가는

겨 울 나 무

달롱 / 서금순

돌 틈 사이 달래 잎이
파랗게 난을 친다
님을 본 듯
버선발로 달려 나가 맞이한다

시장에서 사 먹기만 했던 너를
가만가만 달래듯이 통통하고 흰 뿌리를
조심스레 쏘옥 들어 올린다

향긋한 냄새는 벌써
달래 간장이 되고 된장찌개가 되어
보글보글 끓고 있다
입안에 감도는 향취와
집 안에 배어 있는 구수한 된장찌개 냄새

행복 가득한 고향의 봄이
달래 향을 타고
언덕을 넘어간다.

* 달롱 : 달래의 강원도 방언, 경상도에선 달롱개라고도 함

정낭 / 서금순

한 개의 정낭
"금방 올게요"

두 개의 정낭
"저녁때쯤 올게요"

세 개의 정낭
"아주 멀리 갔어요"

금방 온다면
조금 기다리면 되고

저녁에 온다면
갔다가 다시 오면 되는데

아주 멀리
마실 가신 엄마는
세 개의 정낭 걸어 놓으시곤

기다려도
암만 기다려도
오시질 않는다

자연의 신비 / 서금순

제비들이 분주히 날으며
처마 밑에 집을 짓고 있다

부지 선정 허가도 없이
설계도면조차 펼쳐 보지 않고
순전히 입으로만 자재를 나르더니
이틀도 채 안 되어 집을 완공했다

자기 몸을 반으로 가르며
싹을 틔우고 있다
한 알의 희생으로
조롱조롱 알맹이를 맺을 땅콩

작은 풀꽃들이
들판을 수놓는다
햇살에 반짝이는 이슬방울

자연의 신비 속에
들풀을 먹이고 입히시는
그분의 손길을 느끼는
행복한 아침

시인 송향수

>> 사랑 노래 외 4편

충북 제천 거주
대한문학세계 시 부문 등단
대한문인협회 정회원(대전충청지회)
(사)창작문학예술인협의회 회원
2021년 12월 2주 금주의 시 선정

〈공저〉
문학 어울림 동인 시집 〈어울림〉

사랑 노래 / 송향수

새벽의 그리움이 아침을 밝히더니
온종일 행복으로
사랑이 가슴속을 스미어듭니다

사랑에 빠진 첫날의 느낌을
기억하는 것처럼
매일매일 사랑에 빠지는 마음으로
하루를 보내고

어제의 시간을 지나
다시 찾아온 까만 밤
가로수 등불 밑에서
하루살이 사랑 노래 부르고

오늘 밤도 당신과 함께
행복과 사랑으로 살며시
미소 지으며 눈을 감고
불빛 따라 슬그머니
꿈속으로 빠져듭니다

제목 : 사랑 노래
시낭송 : 박영애
스마트폰으로 QR 코드를 스캔하면
시낭송을 감상할 수 있습니다

봄 / 송향수

땅속에서 두근거리는 소리가 들린다

겨우내 무표정하던 나뭇가지에서도
꿈틀거리는 무언가가 느껴진다

우윳빛 옹알이 소리가 들리는가 싶더니
어느새 화사한 꽃들이 얼굴을 내밀고
재잘거리기 시작한다

저 많은 것들이 땅속의 뿌리에
말라붙은 나무껍질 속에 숨어 있었는지

두근거리고 꿈틀대면서
그 많은 이야기를 안으로만
품고 있었는지

그처럼
숨 가쁜 고백을 부끄럽게 속삭이듯
한꺼번에 쏟아낼 수 있었는지

나도 봄 따라 속삭인다

제목 : 봄
시낭송 : 박영애
스마트폰으로 QR 코드를 스캔하면
시낭송을 감상할 수 있습니다

그것은 생각 / 송향수

비가 옵니다
추억의 시간을 그리며 찬 바람이
옷깃을 여미게 하는 날이면
안부를 묻고 싶어지는
사람이 있습니다

맑은 햇살이 창가에 스치는 날이면
사랑을 이야기하고 싶어지는
사람이 있습니다

불현듯이 보고 싶음에 목메는 날이면
말없이 찾아가 만나고 싶어지는
사람이 있습니다

소리 없이 빗방울에 마음을 적시는
날이면 빗속을 거닐고 싶어지는
사람이 있습니다

이유 없이 마음 한편이 쓸쓸해지는
날이면 차 한잔을 나누고 싶어지는
사람이 있습니다

까만 어둠이 조용히 내려앉는
시간이면 그리움을 전하고 싶어지는
사람이 있습니다

그 사람은 바로 당신입니다.

제목 : 그것은 생각
시낭송 : 최명자
스마트폰으로 QR 코드를 스캔하면
시낭송을 감상할 수 있습니다

서글프다 / 송향수

눈비 내리고
찬바람 휘몰아치는 살얼음 눈길
언덕을 맨발로 걸었다

시릴 시간도 없이
아픈 곳 말할 새도
힘들다는 푸념도 못 한 채
강건한 마음으로 홀로 섰다

녹아내리던 눈물은 운명의 생명수인가?
검게 멍든 몸뚱이는
외로운 삶의 상처 이런가?

힘든 길 건너오니 시린 아픔만이 가득하고
후회 속 눈물마저 삼키며 남몰래 가슴이 운다

혼신으로 살아온 삶
이젠 평온하기를 기도하리라
비단길 아닐지언정
외로운 길만은 아니길 빌어보련다

제목 : 서글프다
시낭송 : 박영애
스마트폰으로 QR 코드를 스캔하면
시낭송을 감상할 수 있습니다

비 내린 후에 사랑 / 송향수

비 내리는 저 하늘을 보고 있자니
지금 내 모습처럼 아무것도
보이지 않는다

시원하게 쏟아지는 빗줄기를 보고 있자니
아무것도 해 놓은 것 없는
나의 과거 같아 보인다

캄캄한 밤에 고인 흙탕물을 보고 있자니
잘못된 나의 고정 관념들이
보이는 것 같다

흘러가는 빗물을 보고 있자니
시간은 나를 기다려주지 않는 것이 보인다

바람에 휘둘리는 빗줄기를 보고 있자니
내 마음도 저렇게 바람만
불어도 휘둘렸던 생각이 난다

잔잔하게 내리는 보슬비를 보고 있자니
고요한 나의 일상생활인 것 같이 보인다

내 사랑을 고백하는 밤의 아름다움이
가슴 깊이 파고든다

제목 : 비 내린 후에 사랑
시낭송 : 박영애
스마트폰으로 QR 코드를 스캔하면
시낭송을 감상할 수 있습니다

시인 안정순

>> 새아기는 산통 중 외 4편

충남 부여 거주
(사)창작문학예술인협의회 회원
(현)대한문인협회 대전충청지회 지회장
2013년 대한문학세계 신인문학상
2014년 순우리말 글짓기 은상, 올해의 시인상
2014~2017 명인명시 특선시인 4회 선정
2015년 한 줄 시 공모전 대상
2017 순우리말 글짓기 공모전 대상, 한국문학 발전상
2018년 '각시 버선코' 시집 출간
특별 초대 시 '자연에 걸리다' 다수 선정
동인지: 삶이 닮긴 뜨락

E~mail : fass7080@hanmail.net

새아기는 산통 중 / 안정순

콩닥콩닥 콩닥콩닥
전화기 너머 들려오는
거친 아들 목소리

설렘 반 걱정 반
초조함이 짙게 묻어난다

하늘이 노랗게 물들고
무수한 별들이 생성되는
성스러운 태고의 신비

우주가 열리고 땅이 치솟는
산고를 겪고 있을 새아기
온몸으로 느껴온다

먼동이 트는 아침
뒷산 어머님께 올리던 기도
아버님께서 들어주시나 보다.

이 빠진 항아리 / 안정순

어둠이 질 때까지 이고지고 이고 지고
밭 다랑이 오르내리며
먼발치 내려다보이는 동네 어귀가
세상 전부인 양
산토끼 발맞추며 평생을 살아온 터

등이 휘고 부서진 뼈마디 고주배기처럼
처량한 나그네 되어 요양 길에 올라
맏이 저세상 떠난 줄도 모르고

설움을 토하듯 세월을 한탄하며
담장을 넘는 목청 붙박이 되어
집에 갈 날만 손꼽은 지 몇 해

새 주인에 떠밀려 체념한 듯
어미보다 후한 신세가 되어
아들네 집으로 고이고이 입성한다.

숙사 소경(肅俟小更) / 안정순

별을 잃은 밤하늘엔
보초 선 인공위성이 깜빡깜빡
골방 뒤주 속까지 훑고

신비를 추구하는 위상의 욕망은
무한의 세계로
로봇이 길라잡이를 하는 세상

울긋불긋 오색주단을 깔고
시제를 모시는 시월 열흘

정갈한 진설 앞에 엄숙히
조상의 얼을 기리며 혼을 부르는
초헌관 분향 강신의 예를 따라
갱을 올린 후

아홉 숟가락 잡수시기를
늙수그레한 후손들은
두 무릎을 공손히
숨을 죽이며 기다린다.

아들 타령 / 안정순

아들 둘에 딸 다섯

푹푹 찌는 팔월 땡볕에
믿었던 큰아들
지리산 계곡물에 흘려보내고
끈덕진 송진 같은 미련
삼월 폭설에 묻어버렸는지

천 갈래 만 갈래 찢어지는 아픔을
깊이깊이 욱여넣으며
하늘을 원망하던 눈초리
세상을 향해 굳게 빗장을 걸었다

백수의 코앞에 치매의 날을 세우며
문턱이 닳도록 드나드는 정성도 무색하게
자나 깨나 아들 타령만 하시는 어머니

이아침
빨갛게 웃고 있는 마당 잔디꽃이
이 마음을 알기나 할까!

생의 마지막 언저리 / 안정순

혈색 없는 얼굴로 가쁜 숨을 몰아쉬며
어렴풋이 들리는 음성에 고개만 끄덕일 뿐
움켜쥔 두 손에
쏟아지는 눈물만 꾹꾹 눌러 삼켰다

어이할꼬 어이할꼬 미어지는 이 가슴을
고희를 앞에 두고 쇄골만 앙상한 그 모습
골 패인 등을 쓸어내리는 지어미의
애간장이 녹아내리는 그 심정을 어이할꼬

희미해지는 영혼을 부여잡고
아들 이름 석 자에 파리한 몸을 지탱하며
애처로운 자부의 손길에
천근 같은 눈을 껌뻑이며 화답을 한다

토끼 같은 아들 손녀 며느리 앞세우고
춘하추동 방방곡곡 유람하며 사실 진데
한 번 가면 다시 못 올 길을
어이 그리 급히 가려 하시는지

점점 멀어져가는 슬픈 행로
억겁의 인연이 다시 온다 해도
예쁜 우리 둘째 폐백
정성으로 곱게 보내 드리오리다!

제목 : 생의 마지막 언저리
시낭송 : 최명자
스마트폰으로 QR 코드를 스캔하면
시낭송을 감상할 수 있습니다

시인 엄옥란

>> 인연 외 4편

충북 진천 거주
대한문학세계 시 부문 등단
대한문인협회 정회원 (대전충청지회)
(사)창작문학예술인협의회 회원
진천시사신문 시 연재 중(2011년 5월~ 현재)

인연 / 엄옥란

바람결에 스치듯 그저
스치듯 지나갔을 뿐인데

옷깃 스쳐 간 인연으로
지금은 그리움 끝에 서 있습니다

그대 어디쯤에 계신가요
인연으로 스치고 간 사람

나의 봄 뜨락으로 내려오세요
나의 봄 속으로 어서 오세요
나의 인연이여

꽃길 / 엄옥란

봄은 아름답고
고운 마음을 안기어준다

햇살 고운 들녘엔
꽃바람이 소곤소곤 말을 건네고

바람이 스쳐 간 흔적은
온통 가득한 봄꽃 향기

색색이 고운 꽃길에
어느새
마음은 봄꽃으로 단장한다

풍년 / 엄옥란

내리쬐는 뙤약볕은
고운 살결 내 손등에
검정 그림을 그려놓는다

여름 햇살 넉넉히 받아
튼실한 나뭇가지 끝마다
주렁주렁 탐스러운 열매
매달아 놓았다

얼씨구 절씨구
풍년 농사 기원하는
우리네 농부님들
웃음꽃이 활짝 피었네

덩실덩실
풍년이 눈앞에 보이네

봄 향기 / 엄옥란

봄 향기에 취해
고운 꿈 꾸려 합니다

나를 흔들어 깨우지 마세요
살랑살랑 꽃이 피어난 자리에
이 한 몸 잠시 뉘었다 가려 합니다

그 누구도 나를 흔들어 깨우지 마세요
봄 향기로 꿈꾸는 날

봄 / 엄옥란

부드러운 햇살에
봄바람은 톡톡
내 어깨에 내려앉고

하늘하늘 불어오는 꽃바람 속에
형형색색 눈부신 봄꽃들은
주름진 내 얼굴에
화사한 꽃물들이고

나는 봄꽃 속에 꽃이 되네
나는 꽃으로 웃네

시인 이동백

>> 풍류 사랑 외 4편

대한문학세계 시 부문 등단
(사)창작문학예술인협의회 회원
대한창작문예대학 졸업
대한문인협회 기획국장
〈수상〉
순우리말 글짓기 전국 공모전 은상 (2018)
짧은 글짓기 전국 공모전 은상, 금상 (2021)
신춘문학상 금상 (2022)
각종, 동상 다수 외 장려상 수상

〈저서〉
2020년 동백꽃 연가 (시집)

〈공저〉
2019년 대한창작문예대학 졸업작품집 "가자 시 심으러"
2020년 유화로 보는 명인명시선
2021년 현대시와 인물 사전
2021, 2022년 명인명시 특선시인선

풍류 사랑 / 이동백

오묘한 자연을 향유하며
고요를 훔치는 시객은

깊이를 가늠할 수 없는
사색의 바다에서
바람 같은 시어를 낚아

심오한 빛깔로 향기를 그려
하얀 영혼의
감성을 두드리며

못다 이룬 꿈을 찾아
유랑의 먼 길을 떠난다.

해가 가고 달이 가도 / 이동백

꽃 보면 기쁘고 잔 들면 정답다

꽃 속엔 사랑이 숨어 웃고
마주한 술잔에 어리는 추억은
그대와 어울린 낭만 시절이 그리워
나그네 빈 가슴에 여울이 진다

몸은 늙어도 마음은 청춘인 것을

미움도 사랑이었음을 / 이동백

잎이 떨어진 고목처럼 겨울에 갇혀
발길 끊긴 아홉 남매를 그리워하며
모로 돌아눕는 멍한 시선

바람 잘 날 없던 애증의 세월
우여곡절을 감싸고 아우르며
삶의 밧줄을 움켜잡던 옹이 진 생애

먼 길을 돌아 백수를 바라보는 지금
버거워 보이는 여생이 안타까워
생각에 잠기면 가슴이 미어집니다

둥지를 품던 어머니의 포근한 정
갚지 못한 마음은 천근만근
감정을 건드려 상처가 되었던 미움도
내 안에서 나를 흔들던 격정의 시간도
노을을 바라보며 뒤돌아보니
뜨거운 영혼을 울리는 사랑입니다.

제목 : 미움도 사랑이었음을
시낭송 : 최명자
스마트폰으로 QR 코드를 스캔하면
시낭송을 감상할 수 있습니다

가을엔 / 이동백

가을엔
단풍이 시가 되고
낙엽 지는 소리가 시가 됩니다

가을엔
스며드는 바람에
억새가 흐느껴 울고
그 울음소리는
내 마음인지도 모릅니다

가을엔
멀쩡한 사람을 울적하게 만들고
보낼 곳도 없는
편지를 쓰게 합니다

가을엔
누구나 시인이 되어
여며둔 그리움을
눈으로 가슴으로 시를 씁니다

제목 : 가을엔
시낭송 : 최명자
스마트폰으로 QR 코드를 스캔하면
시낭송을 감상할 수 있습니다

꺼지지 않는 불꽃 / 이동백

그대와 라일락꽃 그늘에 앉아
찻잔과 파우스트를 사이에 두고
잊혀져간 괴테의 사랑 이야기를 나눈다

뜰에 핀 꽃도 아침과 저녁 향기가 다르듯
젊은 시절에 읽은 괴테의 연분홍빛
사랑 이야기는 다른 색깔로 길게 살아나
여운도 사유도 메아리 되어 전설처럼 떠오른다

우람한 고목은 세월 저편에 쓰러져
유폐되어 썩어 흙이 되어도
남긴 그의 문학은 뜨거운 가슴을 통해
슬픔과 고통을 삭여 시어로 꽃을 피운다

목마름에 허기진 가슴을 채워주고
기쁨을 찾아 만족시켜 줄 거라는
갈망이 채워질 수 없다는 것을 알기도 전에
옛 열정이 마음속에 남아 있을 때
새로운 열정이 솟아오를 수 있었다면
베르테르의 슬픈 사랑을
괴테는 노래하지 않았을 것이다

찻잔에 라일락 꽃향기 살아나듯
마음 깊은 곳에서 불꽃 사그라지고
또다시 타오른다.

시인 이상노

>> 아내 때문에 울었습니다 외 4편

충남 당진 거주
2019년 5월 대한문학세계 시 부문 등단
2021년, 2022년 명인명시 특선시인선 선정
조선어연구회 발족 100주년 기념 현대시와 인물 사전 선정
2019년 신인문학상 수상
2021년 한국문학 발전상 수상
〈공저〉
2021년, 2022년 명인명시 특선시인선
현대시와 인물 사전 외 다수

아내 때문에 울었습니다 / 이상노

아내의 허리를 주무르다 울었습니다.
토실토실하던 허릿살은 다 어디 가고
앙상한 모습에 그만
내 가슴이 울었습니다.

두 아들을 곧게 키워낸
태산처럼 위대했던 아내의 젖가슴이
힘없이 야윈 모습을 보고 애잔하여
내 가슴이 울었습니다.

바다처럼 깊은
아내의 가슴속을 들여다보았습니다.

가슴을 억누르며 내 허물을 다독였던
백옥같이 하얀 가슴이
시커먼 숯검정이 되어 있어
미안한 마음에
내 가슴은 또 뜨겁게 울었습니다.

시곗바늘을 뒤로 돌려볼까 생각도 했습니다.
그러나, 시곗바늘은 너무 많이 돌아가 있었습니다.

그냥
처음의 마음
처음의 마음으로
돌아가기로 했습니다.

제목 : 아내 때문에 울었습니다
시낭송 : 박영애
스마트폰으로 QR 코드를 스캔하면
시낭송을 감상할 수 있습니다

샘물 같은 님의 가슴 / 이상노

가슴은 있으되
가슴을 펼치지 못했던
지난 세월!

머리로만 생각하고
눈으로만 바라보고
입으로만 이야기하였습니다
그것은 사랑이 아녔습니다

이제는
가슴으로 생각하고
가슴으로 바라보고
가슴으로 이야기하겠습니다

님의 가슴은 봄꽃향기처럼
맑은 향기가 가득 차 있습니다

내 가슴에도 님이 주신 님의 향기로
맑은 샘물이 가득 고여 있습니다

이 샘물이 다 마를 때까지
조금씩 조금씩 님께서 다 마시어요

사랑하는 내 님이시여...

제목 : 샘물 같은 님의 가슴
시낭송 : 박영애
스마트폰으로 QR 코드를 스캔하면
시낭송을 감상할 수 있습니다

어머니의 다듬이 소리 / 이상노

초가집 담장 너머로
정겹게 들려오던
똑딱똑딱 똑딱똑딱
어머니의 신명 나는
다듬이 소리!

초가집 지붕 뚫고
한스럽게 들려오던
똑똑 따닥 똑똑 따닥
어머니 가슴에 맺힌 화를
달래는 소리!

초가집 대문을 박차고 뛰쳐나와
마당에 뒹구는
똑똑 딱딱 똑똑 딱딱
꽉 막힌 어머니의
답답한 가슴을 뚫어주는 소리!

저녁노을 멍석 깔 적에
보릿고개, 고달픈 삶을 하소연하며
마음 달래던
어머니의 다듬이 소리!

제목 : 어머니의 다듬이 소리
시낭송 : 박영애
스마트폰으로 QR 코드를 스캔하면
시낭송을 감상할 수 있습니다

한 잔 술 / 이상노

한 잔 술에
저물어 가는 세월 붙잡고
아득히 먼 석양 바라보며
인생 담아 술을 마신다.

두 잔 술에
달의 고독과 별의 고독을 담아
그리고
나의 고독까지 채워 술을 마신다.

석 잔 술에
빛바랜 그리움과
스치듯 지나간 바람까지
그리움이란 그리움 모두
끌어다 부어 술을 마신다.

나머지 한 잔 술엔
언약만 남겨 놓고 강 건너 간 사랑과
가슴에 박혀있는 사랑의 화살을 그리며
술잔에 사랑 담아 노래하리라.

제목 : 한 잔 술
시낭송 : 박영애
스마트폰으로 QR 코드를 스캔하면
시낭송을 감상할 수 있습니다

달과 구름 / 이상노

휘영청
달이 둥글게 부풀었습니다
온 세상이 밝습니다
시커먼 구름은 달을 보고
머리를 디밀고 있습니다
달을 무척 좋아하나 봅니다
달을 자꾸 부둥켜안습니다
달은 시커먼 구름이
무척이나 싫은가 봅니다
구름을 자꾸 밀어냅니다
달은 구름을 겨우 벗었습니다
달의 얼굴은 새색시 뽀얀 얼굴처럼
붉게 물들었습니다
구름은 미련이 남아 있나 봅니다
달의 주변을 서성입니다

나도 시커먼 구름을 떠밀어 봐야겠습니다
내 얼굴도 휘영청 밝을 겁니다

오늘은 달과 별이 참 밝은 밤입니다

시인 이은석

>> 추억 속으로 외 4편

대전 유성 출생 / 충북 청주 거주
보국수훈 국가유공자

2016년 대한문학세계 시 부문 등단
대한문인협회 대전충청지회 정회원
충청북도시인협회 정회원
사) 한국서예협회 정회원
전국단재서예대전 초대작가

2017년 제1시집 "사랑을 노래하리" 출간
2017년 대한창작문예대학 7기 졸업작품집 공저 "비포장 길"
2017년 대한문인협회 대전충청지회 동인지 "삶이 담긴 뜨락"
2020년 대한문인협회 제6기 낭송가 동인지 "별숲에 시를 심다"

E-mail: leees57@hanmail.net

추억 속으로 / 이은석

복사꽃 피고 지는
옛 동네 그곳에는

지금도 있으려나
사립문, 디딜방아

보고파 달려가 보니
꿈속인가 애닯다.

농촌에는 / 이은석

얄궂던 너의 모습
여전히 여기 있고

즐겁던 옛 추억도
또렷이 남았는데

횅하니
텅 빈 교정엔
잡초만이 반기네.

세월이려니 / 이은석

이파리 떨어지니
새마저 떠났구나

가지야 앙상한들
속까지 비었으랴

인고의 시간 지나면
무지갯빛 비추리.

벽옥혼식 / 이은석

당신의 눈빛으로
앞길을 밝혀왔고

당신의 사랑으로
가시밭 헤쳐왔듯

사십 년 발자국마다
그대 숨결 흐르네.

어제는 아이들과
오늘은 손자들과

웃음꽃 활짝 피워
인생을 노래함에

당신의 솜털사랑이
둥지이듯 포근해.

어이하리 / 이은석

무심천 벚꽃잎이
덧없이 흩날리네

고울 땐 너나없이
환호로 반기더니

낙화에 돌아선 눈길
매정함이 야속타.

시인 임석순

>> 인생은 쾌속선 외 4편

아호: 태안泰安
충남 태안 출생 / 충남 아산 거주

(사)창작문학예술인협의회 회원
대한문인협회 대전충청지회 정회원
팔공문학창작예술협회 충남지회장
코벤트가든문학상 대상
김해일보 영상시 신춘문예 전체대상
남명〈평행선의 봄〉전국시화전 실천상
대한문인협회 한국문학 올해의 작품상
대한문인협회 짧은 詩 짓기 전국공모전 동상

〈시집〉 "계수나무에 핀 련꽃"
〈공저〉 문학어울림 동인지 제2집 외 다수

인생은 쾌속선 / 임석순

인생은 쾌속선이 되어 있었다.

전광석화가 따로 없이 훅, 지나가고
금방 늙어버렸네

노 젓는 나룻배 떠나가고
돛단배 바람 따라 흘러가는데
이내 마음은 그 옛날에 머무르고 있다

그 옛날 계곡 따라 실개천 흘러가던 곳
종이배 접어서 시냇물에 띄워 놓았던 그곳
이내 마음은 그 옛날에 머무르고 있다

그 세월 어떻게 살았는지
지금은 엄두도 안 나고 어떻게 지나왔는지
기억하기조차 힘든 시간이 존재하였으니
거짓말 같은 세월을 아무도 모르게 끌어안는다

어름사니 / 임석순

인생의 밧줄을 탄다

부채를 지팡이 삼아
아슬아슬 희망의 바람을 탄다
슬금슬금 행복의 파도를 탄다

구름을 타고 하늘을 날아가듯
성큼성큼 내딛는 희망의 길
파도를 타고 바람을 타고
행복을 느낀다

둥실둥실 줄타기 달인으로
사뿐사뿐 나는 새보다 가볍게
깃털처럼 가뿐하게 날아가듯 걷는다

마음을 다듬고
옷매무새 다 잡고
희망을 찾으며 행복을 북돋운다.

달려온 길 / 임석순

내가 가고자 한 길
내가 원한 길이 어디일까
구름 위로 날아가고 싶은 것이었나
지금 서 있는 여기는 어디쯤일까

내가 걸어온 길
비포장길은 아니었어도
양탄자 길은 더욱 아니었지만
지금 서 있는 여기는 어디쯤일까

내가 떠나온 길
험했던 비탈길이었던 것을
알지 못하고 지나쳤던 것이니
지금 서 있는 여기는 어디쯤일까

내가 서 있는 이곳
하늘 아래 흙을 밟고 있으니
흘러가는 구름을 쳐다보면서
지금 꽃이 피는 봄날을 바라본다.

행복은 이런 것 / 임석순

노래를 부르면
가슴이 확 트이고
행복하고 즐거워요

흥겨운 춤을 추면
가슴이 벌렁벌렁 살아나고
세상이 밝아지고 행복해요

백지 위에 산수화가
다양하게 자리하여 물들이고
드리우면 행복이 가득해요

하얀색의 검은 글귀가
머리에서 가슴으로 만나서
눈에 새겨져 행복감이 밀려와요

음악이 들려오고
바람이 스쳐 지나가고
풍경이 눈에 들어오니
살아 숨 쉬는 언어의 숨결에
행복이 저절로 머무르며 느껴요

분수 / 임석순

그는 겨울에는 긴 잠을 잔다
추위와 맞서지 않으려고 조용히 살고 싶은 게다

새싹이 돋아나고 벚꽃이 눈뜨고 춤을 추면
덩달아 눈을 부릅뜨고 힘차게 춤을 춘다

하늘 끝이 어디인 줄 알지 못하니
그냥, 소리쳐 보고!
하늘 향해 외쳐보고, 쉴 새 없이 주먹질한다!

하늘 끝 가보지도 못하고
친구들과 친구들에게 돌아오곤 하는데

그래도, 친구에게는 아주 멀리
우주에 다녀온 것처럼 자랑하지만
이내 다소곳이 초연해진다

그러면서 금세 하나가 되어
언제 그랬냐는 듯이
일상으로 돌아와
하얀 마음에서 맑은 마음으로
평온해지면서
잔잔한 숨결을 내쉰다.

시인 임재화

>> 대숲에서 외 4편

대한문학세계 시 부문 등단, (사)창작문학예술인협의회 회원
대한창작 문예대학 6기 졸업, 문예창작 지도자 자격 취득
대한문인협회 저작권 옹호위원회 위원장, 대전,충청지회 감사
한국 문학 공로상 수상, 베스트셀러 작가상 2회 수상
한국 문학예술인 금상 2회 수상 外 다수 수상

(저서)
제 1시집 : "대숲에서" 출간, 제 2시집 : "들국화 연가" 출간

(공저)
현대시를 대표하는 "명인명시 특선시인선" 9년 연속
대한문인협회 특별초대시인 시화 작품집 "유화에 시의 영혼을 담다"
대전,충청지회 동인지 "삶이 담긴 뜨락"

대숲에서 / 임재화

대숲에 바람이 찾아와
변함없는 절개를 시험하고
솔숲에는 청정한 마음이
자리 잡고 있습니다.

하얀 돌 틈 사이로
졸졸 흐르는 시냇물을 바라보며
이마에 흐르는 땀을 식히고 있노라면

어느덧 버거운 삶에 지친 영혼을 추스르고
또다시 힘차게 도전할 수 있는
용기가 샘솟습니다.

언제나 푸른 대숲에는
늘 여유로운 정과 마음이 있고
살랑살랑 부는 바람에
작은 댓가지가 조용히 흔들립니다.

조막만 한 참새들의 보금자리는
언제나 대숲을 정겹게 만들고
늘 푸른 색깔은 이웃한 솔숲과 화합하여
버거운 삶에 지친 마음에도
빙그레 웃음 찾아들게 한답니다.

제목 : 대숲에서
시낭송 : 박영애
스마트폰으로 QR 코드를 스캔하면
시낭송을 감상할 수 있습니다

들국화 연가 / 임재화

먼 산자락 저만치서
휘하고 달려오는 가을바람이
살며시 나뭇잎 어루만질 때

이제 떠나도 여한이 없는
빛 고운 단풍 잎사귀
서늘한 바람 앞에 몸을 맡기고

하나둘 낙엽 되어서 떨어져
맑게 흐르는 계곡물 벗 삼아
정처 없이 두둥실 떠나갑니다.

저만치서 달려오는
소슬한 가을바람이 살그머니
들국화꽃을 스쳐 지날 때

차츰 깊어가는 가을날
온 누리에 그윽한
들국화 꽃향기 가득합니다.

제목 : 들국화 연가
시낭송 : 박영애
스마트폰으로 QR 코드를 스캔하면
시낭송을 감상할 수 있습니다

들국화 사랑 / 임재화

노란빛 고운 들국화 꽃송이에
정갈한 임의 향기 배어있는데
조용히 고개 숙인 꽃송이마다
오롯이 맑은 기운 가득합니다.
갈바람 부는 들국화 꽃밭에서
고운임 모습 따라서 걷노라면
살며시 고개 숙인 꽃송이마다
그리움 익어서 꽃향기 가득합니다.

노란빛 고운 들국화 꽃송이에
정갈한 임의 향기 배어있는데
조용히 고개 숙인 꽃송이마다
오롯이 맑은 기운 가득합니다.
이따금 찬바람이 불어올 때면
단정한 꽃송이 살포시 웃는데
더욱더 빛나는 들국화의 모습
온 누리에 들국화 꽃향기 가득합니다.

들길 따라서 / 임재화

새벽이슬 맞으면서 나 홀로 걷노라면
이른 아침 새소리 귓가에 지저귀고
동구 밖 느티나무 옆의 실개천에서
졸졸 흐르는 물소리 귓가에 들려옵니다.

티 없는 구슬처럼 맑은 아침 이슬이
작은 꽃잎마다 방울방울 맺혀있는데
다소곳이 고개 숙인 빛고운 꽃송이가
괜스레 수줍어하며 얼굴을 붉힙니다.

한적한 들길 따라서 천천히 걷노라면
저만치서 소슬한 갈바람이 불어오는데
황금색 벼 이삭 다소곳이 고개 숙이고
허수아비 바람 따라서 춤을 춥니다.

아무도 찾지 않는 풀밭을 걷고 있을 때
휘하고 달려오는 갈바람이 불어오면서
저 멀리 바람결에 실려서 날아가는데
온 누리에 그윽한 꽃향기 가득합니다.

강촌 서정 / 임재화

먼 산 능선 위에서
뭉게구름이 잠시 몸을 누이면
저만치서 불어오는 소슬한 바람
저 여린 갈대를 스쳐 지난다.

깊은 계곡을 굽이 돌아서
정처 없이 흘러온 맑은 물
은빛 모래 반짝이는 강변에
바람이 잠시 머물다 떠난다.

황금색으로 물드는 벼 이삭
가을바람 앞에 고개 숙이고
강촌의 너른 벌판을 가로질러
강물은 조용히 흐르고 있다.

시인 장화순

>> 여보게 외 4편

대한문학세계 시 부문 등단
제 6기 대한창작문예대학 졸업 작품 경연대회 은상
2016년 한 줄 시, 순우리말 글짓기 공모전 장려상
2017년 한국문학 발전상
2018년 올해의 시인상 수상
2018년 명인명시 특선시인선 선정
2019년 순우리말 글짓기 동상
2021년 현대시와 인물 사전 선정

여보게 / 장화순

오늘 자네와 나 나란히 발을 맞추어
잘 닦아진 검정 아스팔트길 걸으며
진달래 따 먹어 변한 보랏빛 입술을 보고
손가락질하며 배꼽 빠지게 웃었던
그때 이야기가 맛있는 보약 중 보약이었네

뱃가죽이 등줄기에 달라붙어
찔레 순으로 배고픔 달래던 얼어 죽을 놈의 가난
신작로 옆 누구네 밭에서 어린 가지 따먹다 들켜
걸음아 날 살려라 달리면서도 마주 보며 히죽거리던 날
그날 기분은 쓰디쓴 육모초즙 마시는 것 같았지

여보게, 우리 살아가는데 뭐 뾰족한 수 있던가
뭐 특별한 보약이 있던가.
오늘 우리가 울기도 웃기도 하며
나눈 망향의 담소가 보약이 아니겠는가.
안 그런가 여보게

솔 길을 걷다 / 장화순

딱딱한 신발을 벗고
두꺼운 양말을 벗고
수년간 떨어져 쌓였을
붉은 솔잎 길을 걷는다.

밟히는 솔잎의 얕은 비명은
발바닥 말초 신경을 타고 올라
가슴과 머리를 짜릿함으로 뛰게 해
아련한 첫사랑의 신열인 듯하다

맨발로 걸어보는 산사 앞 솔길은
사락사락 고향의 소리였고
푸른 솔잎 사이 무지갯빛 햇살의
고운 웃음소리 아름다운 날이다

無言 / 장화순

자신이 누구인지
어떤 형태인지
그림자마저도 보여주지 않고
무언의 계율로 다그치는
그것은 무엇인가

알 수 없는 그것을 따라
걷고 걸어 온 곳
그곳이 여기다.
그런데
나는 무엇으로 남아 있는가.

멈추지 않으면 / 장화순

걸음을 멈추지 않으면
우린 언제든 새로운 길을 걸을 수 있을 것이다
또 눈을 감지 않으면
너와의 만남은 언제나 이루어질 것이다

눈이 와도 비가 와도 바람이 불어도 좋을
너와의 만남을 생각하면 가슴이 뛴다.
아직 보지 못한 네가 어딘가 있을 테니
뛰는 가슴으로 우리 만날 날을 기다린다.

하얗게 눈 내려앉은 동백꽃도
피우면서 떨어질 연분홍 벚꽃도
흙탕물 진흙 속 자비의 연꽃도
참고 참아 터트리는 가을꽃 단풍도
발걸음 멈추지 않으면 만나리라

초가집 위 피어있던 하얀 박꽃 같은 마음으로
하늘바라기 논배미 개구리울음 따라 우리는
떠나리라 너에 비밀을 찾아 여행이라는 이름으로

가로등 / 장화순

밤새 눈 부릅뜨고 비탈길 지키는 가로등
미명의 어둠 안고 안개비 속을 걷는 이
임을 대신해 길을 밝혀 주고

안개비 때문인가 수은등 불빛 때문인가
애써 기다리지 말라며 떠나는 뒷모습 멋짐을
수은 불빛에 대롱대롱 매달아 주고
석양빛 조용히 살라 먹는 밤이 되면
또 하나의 아름다운 사랑을 만들고

또 다른 사랑의 외로움을 안고
밝아오는 여명이 그 빛 살라 먹기 전
다소곳한 새벽바람 품속의 꿈
오늘 밤 또 어느 임을 사랑할까?

시인 정용로

>> 고백 외 4편

1966년 경북 영천 출생
1985년 충북대 입학, 청주 거주
2019년 대한문학세계 시 부문 등단 〈등단작 “걱정”〉
2020년 짧은 시(詩) 짓기 전국 공모전 입상

고백 / 정용로

차가운 바람결에 여민 옷깃은
코끝을 간질이는
그대 향기에 나부끼고

데구루루 달려온 단풍잎 하나
천진난만한 당신 모습 닮았구려

당신으로 인해 밤잠 뒤척인 날도
당신으로 인해 향기로웠던 날도
당신으로 인해 미소 짓던 날도

당신 사랑하는 내 눈길이 한곳이기에
행복이었고, 기쁨이었고, 희망이었어요

당신 곁에 달려갈 수 있는 이 마음
오늘도 당신의 향기 먹고 살아요

길 / 정용로

뒤에 누가
옆에 무엇이
아는 체도 보는 체도 않고 앞으로만 뛰던 희망 길

이리 쿵 저리 쿵
돌부리에 걸려 엎어지고
풀뿌리에 걸려 넘어지던 고난 길

그 길에 앉으니

들풀이 보이고
들꽃이 보인다

막걸리 한 사발에 가쁜 숨 고르니
도란도란 쉬엄쉬엄 함께 가고픈
행복 길이 보인다.

그리움 / 정용로

뜨거운 햇살 아래 해바라기처럼
활짝 웃어주던 얼굴이
어둡던 창문을 밝히고

밤하늘의 별빛보다 빛나는
반짝이는 눈망울이 창문을 두드릴 때

그리움을 품은 가슴으로
별 하나 별 둘...

초롱초롱한 별마다
그대 얼굴 붙여 봅니다

분가 / 정용로

주인 없는 방을 뒹굴다
걸레질하는 어미 손을 잡는 다툼의 순간들
지울 수 있을까 담을 수 있을까
걸레를 꾹꾹 눌러
방바닥을 밀고 벽을 닦아봅니다

벽에서 튀어나온 가시 돋친 말들이
못이 되어 어미 가슴을 파고들고
책상 위로 쏟아지는 눈물 속에 그려진 얼굴

회한 담은 간절한 어미 마음을
염송으로 채우게 합니다

봄 소녀 / 정용로

휘몰아치던 눈보라에 맞서며
오매불망 임 기다리다 지쳐 잠든 소녀

산골 물소리에 기지개를 켜고
터벅터벅 발걸음 소리에
미소 가득 머금은 얼굴

동그란 눈방울로
고운 봄 향기 뿜어내며
꿈인 양 생시인 양
임의 품속으로 달려갑니다

시인 정은희

>> 소꿉놀이 외 4편

충남 보령 거주
대한문학세계 시 부문 등단 (2018.11월)
(사)창작문학예술인협의회 회원
대한문인협회 대전충청지회 정회원
문학어울림 회원

소꿉놀이 / 정은희

어린 시절 놀던 그때가 생각이 난다

크리스마스 때 선물 받은
플라스틱 시장바구니
수저세트. 그릇들

친구들과 함께 놀이를 한다
돗자리 깔고 세팅을 하고

적색 벽돌을 깨서 고춧가루라고 명시하고
풀잎들을 따서 파 그리고 시금치라고 명칭을 한다

음식을 만드는 흉내도 내던 그때 생각이 난다

캠핑을 하다 보니 문득 어린 시절 놀았던 그때 그 놀이

소꿉놀이로 돌아왔다

한적한 하루 / 정은희

무심코 지나던 생각들로
사로잡던 힘든 날

지우고 또 지워도
아팠던 일들은
머릿속에 지워지지 않는다

비우고 비워지는 반복들

살면 얼마나 산다고
아웅다웅 싸울 필요가 있겠는가

죽으면 필요 없는 이치

사는 데까지 사는 힘은

좋은 생각을 먹고사는 것
좋은 여행으로 숨통을 쉴 수 있는 시간들

가난한 삶이라도
소소한 삶 속에 행복이 가득 채워지면

늘 행복으로 살아갈 수 있는

이 시점
흐르는 강물 따라가는 거리
초록들이 물들어지는
지나가는 소나기를 듣는 행복

이 한적한 하루로 보낸다.

기준 / 정은희

함께하는 세상은
기준으로 맞선다.

각각 가지고 있는 성품은

나이 먹는 만큼
기준으로 살다

타협하지 못한 세상은
혼자만의 세상에 닫친다.

받아들이는 마음은
삶에 여유로 찾아온다.

나이만큼 삶의 가로
기준을 나누지 않는다.

마음에 여유
참 사람이 된다.

어쩌다 어른 / 정은희

미흡한 성장은 어른이 되어도
아이 와도 같다

미흡한 생각은 실수를 범하고
미흡한 말들은 주눅에 머물고
미흡한 인성은 피해를 준다.

어른이 된다는 것은
모든 부분에 책임의식을 지어야 한다.

어쩌다 어른이 되면
고집이 세지고 주장도 강하고
무아지경으로 무쳐서 산다.

얼굴이 말해 준다.

나이를 그리고 어른다워지는 것을

이것이 우리들의 삶이다

보복운전 / 정은희

촉촉하게 비가 내린다.
더 어두워진 먹구름 소나기를 몰고 온다.

굵은 장대비가 끊이지 않다
더 많은 비가 두 겁 게 온다

강풍으로 밀려간 차들
그 속에 질주하는

앞이 보이지 않는다.
희미하게 보인 그림자
그 속에 질주로 따라오는

차와 차 사이 거리두기 하지 않는
위험한 사이로 위협을 준다.

목숨을 내놓고 다니는 형상
무서움이 몰려온다.

시인 조충생

>> 봄 외 4편

대한문학세계 시 부문 등단
(사)창작문학예술인협의회 회원
대한문인협회 대전충청지회 회원
한국다온문예 정회원및 홍보이사
(사)종합문예유성 회원.

봄 / 조충생

눈송이가 바람에
흩날려 거닐던 자리

내 눈에 아른거려
잠시 머물러 보지만

나뭇가지에 쌓이는 눈은
묵언으로 피어나

앙상한 가슴으로
봄을 부르는 듯

매화는 눈 속에서
싹을 틔우고
봄은 어느새 우리 곁에 와 있네.

커피 한 잔 / 조충생

결 고운 봄볕이
내려앉은 바닷가 언덕
창 넓은 카페에 앉아 불어오는
봄바람과 커피 향에 취해보는 오후길

오래전 사랑하는 사람과
함께 했던 발자취 따라 나 홀로 걷는 이길
당신의 깊은 사랑에
다시 한번 젖어 보고 싶습니다

수평선 위에 희미하게 보이는
작은 조각배같이 쓸쓸한 내 마음
식어가는 찻잔 속에 내 마음 담아놓고

당신의 그리움
봄 향기로 채우며 애타게 불러보지만
뒤돌아오는 건 메아리일 뿐

오늘도 내 곁에서
내 심신 다독이며 달래주는 것은
친구 같은 커피 한잔.

모래톱 / 조충생

빈 바람에도
출렁이는 파도는
삶의 혈류가 흐르듯
윤슬처럼 반짝이는 밤하늘에
은하수같이 곱구나

한 여름밤에
모래톱을 밟으며 나눈 사랑
잊지 못해 주름져 있나

노을 진 육신
황혼에 기우는 마음

젊은 날에 이루지 못한
사랑의 추억
모래톱 위에 곱게 새겨져 있네..

가을이 오는 길목 / 조충생

새벽을
가슴으로 맞이하는
청초한 아침

초록 나뭇잎에
누가 옮겨 놓고 갔는지
여린 햇살 받아 반짝이는
은빛 구슬은 어떤 이의 작품일까

새벽 산책길에
불어오는 시원한 바람은
가을이 가까이 와 있다는 걸
피부로 느껴진다

우렁차게 울어대는 매미의 울음은
여름이 가는 게 아쉬운 듯 아침부터 울어댄다

녹음 짙은 산책길에
만나는 자연의 인연들
소중하고 반갑기만 한 것은 익어가는
시객의 나이 탓일까

오늘도 아름다운 자연과 함께
감사한 하루를 열며.

신우의 뜨락 / 조충생

신우의 뜨락에
국화향기 어우러지면
앞산 너머 노을빛 물들고

둥글게 차오른 보름달
노송 가지 끝에 얹어질 때면

귀뚜라미 울음소리
시객을 부르는 듯 정겹구나

돌담 밑에 핀 쑥부쟁이 꽃잎에
달빛이 내려앉으면

알알이 맺힌 이슬로
세속에 찌든 시름을 씻는다.

시인 조한직

>> 봄 사랑 외 4편

충남 공주 출생 / 대전 거주
(사)창작문학예술인협의회 정회원/이사
대한문인협회/대한시낭송가협회 정회원
(전)대한문인협회 대전충청지회 사무국장/지회장/기획국장

수상〈대한문인협회〉
2010년 10월 시 부문 신인문학상
2015년 순우리말 글짓기 공모전 대상
2017년 한 줄 시 짓기 공모전 은상
2021년 신춘문학상 공모전 은상, 한국문학 문학 대상

〈저서〉
제1시집 〈별의 향기〉 / 제2시집 〈고독 위에 핀 꽃〉
〈공저〉
명인명시 특선시인선 7회 선정 / 유화에 시의 영혼을 담다
삶이 담긴 뜨락(대전충청지회 동인 문집)
별숲에 시를 심다(대한시낭송가협회 6기 동인문집)
낭송하는 시인들(동인 문집)

봄 사랑 / 조한직

가슴 설레는 봄!
나에게 너는 첫사랑이다

붉은 이별 앞에서 함께 울었고
눈물마저 얼어붙던 동지섣달엔
네가 돌아올 것에 속울음 거두었지

바람이 하얀 눈발을
세차게 빗금으로 흩뿌릴 땐
그 속에서 소리쳐 웃었다

찬바람 속에
싱그러움으로 흘러오는
너의 숨결은 신비로움이다

어디에서 오는지
얼마를 돌아오는지 모를 거리에서
너의 숨결은 그냥 그리움이었다

눈물로 떠나던 지난가을
햇빛에 서린 선홍빛 붉은 자국을
첫사랑의 향기로 씻어내린다.

목련꽃 사랑 / 조한직

하늘 끝닿은 저 순백의 화무
바라보는 가슴 애달프다
살며시 동강(凍江)을 건너와
하얗게 살라낸 고운 숨결

네 앞에 누가
사랑을 모른다 할까
하얀 웃음 다소곳한
저 단아한 숨결의 목련꽃 아래에서

꿈속을 헤쳐온 맑은 영혼
하얗게 피워낸 고귀한 사랑을
정녕 모르는 이 누구일까

하얀 목련꽃 숭고한 영혼의
메마른 가슴을 적셔주는 순박함은
하늘을 우러러
한 점 부끄러움 없는 사랑이라 하네.

나의 바람 / 조한직

가슴에 항상 내가
사색의 꽃처럼 피어나
수많이 스쳐 간 인연 속에서도
그리움으로 남아 떠오르는 사람

이성이면서도 이성의 인연이 아닌
나이테를 벗어나도 경계를 뛰어넘어
소통할 수 있는 마음의 친구로 더 좋을
그런 사람으로 기억되어

언제 어디서나
피어 있는 꽃처럼 삶에 생기를 주고
사계를 하얀 그리움으로
모든 이의 가슴을 물들이는 사람

부드럽고 온화한 모습의 나로
마음으로 마음을 덥힐 수 있는 나로
사람들의 가슴에 오래도록
아름다운 꽃으로 피어 있고 싶다.

가슴에 이는 바람 / 조한직

한 길 가슴에 차마 내 말 묻습니다
가을엔"사랑해도 되냐는"
흔들리는 마음 돌아봐도
기댈 수 없는 그리움뿐입니다

말해주오
사랑해도 되냐는 그 물음
이러는 게 죄라면, 죄라시면
용암처럼 솟는 그리움 심장을 살라도
이대로 속절없이 돌아서리다

가슴 타들어도 아니라면
아니라시면
잎을 떨구어내는 나무처럼
한 길 내 속에 그리움 모두 묻어
왜냐고 묻지 않고 홀연히 돌아서서
더는 그대를 모르리다

연기 없이 타는 단풍처럼
가슴 검게 타들어도
이 아픈 마음은 다 내 것입니다
타다만 가슴에는 둥둥 바람이 일겠지요.

그리운 회상 / 조한직

닭울음 소리 그리운 고향의 새벽
외양간의 송아지 울음소리 그립고
젖을 보채는 아기의 울음소리도 그리워

골목마다 텅 빈 새벽
주름살로 감긴 한 시대의 영웅들
굽은 허리의 힘겨운 걸음걸이거니
그나마 성글어 안타깝네

산도 변하고 들도 변하고
길마저 변해버린 낯선 내 고향
오늘도 변함없이 동녘에 솟는 해야~
새벽을 깨울 닭의 둥지는 언제 틀고
해맑은 아기의 웃음소리 들을 날 올까

닭울음 소리 끊기고
아기의 울음소리 끊긴 고향의 새벽
여전히 먼동은 터서 서해로 잠들고
붉은 민둥산은 우거져 울창하기만 한데
한 세상을 풍미한 인걸들 잠들어가네.

시인 주선옥

>> 봄바람 외 4편

국립공주대학교 사회복지대학원 졸업
대한문학세계 시 부문 등단
(사)창작문학예술인협의회 회원
대한문인협회 대전충청지회 정회원
대한창작문예대학 졸업
현재 국민건강보험공단 천안지사 근무

〈저서〉
제1시집 〈아버지의 손목시계〉
제2시집 〈너에게로 가는 봄길〉

봄바람 / 주선옥

기다리지 않아도 오건만
어찌나 마음은 초조해지는지
그대는 쉬이 오지 않고
자꾸 문고리만 잡아 흔들고

누군가 들어오는 문틈으로
혹시나 성큼 들어설까 설레는데
싸늘하게 훑고 지나는 바람은

어디선가 불어오는 것이 아니라
낮게 더욱더 낮게 드러누워 있다가

기회만 되면 소슬소슬 일어나
일시에 몰아치는 휘모리장단
꽃비를 내리는 너는
참으로 얄미운 사랑꾼이로구나

복수초(福壽草) / 주선옥

가슴 속에 쓸쓸한 바람 소리
서글픈 사랑을 품었더라

엄동설한 모진 추위 속 깊은
동굴에 갇혀 얼마나 헤맸던가

푸른 꿈으로 피운 황금빛
다시 살아나 누리고픈 영화

노랑 나비되어 훨훨 하늘로 오를
영원한 꿈을 다시 꾸며
소리 없이 그대의 가슴에 잠든다.

오월의 숲 / 주선옥

초록 무성한 좁다란 길을
약속도 없는 그리움으로
나풀나풀 소녀처럼 걸어본다

투명하게 쏟아지는 햇살
따사롭게 열리는 하늘 창문
스쳐 가는 바람에 졸음이 들고

작은 도랑 건너 돌 무덤가에
수줍게 꽃을 피운 찔레는
다가오지 말라고 가시를 세우고

큰 빨래 함지박을 이고 가던
젊은 엄마의 물동이 똬리처럼
가만가만 걸음 소리를 듣는데

어린 시절 고되게 넘던
보릿고개는 이제 황금빛이건만
어째서 가슴속에는 시린 바람이 불고

어느 나그네
저물어가는 회한의 여로(旅路)에
오월은 담담하게 문을 잠그는 걸까?

살구가 익을 즈음 / 주선옥

기억의 저편 메아리처럼
되돌아와 날리던 꽃잎
첫사랑 같은 쌉싸름한 향기

무명 저고리 우리 엄마
유년의 뒤뜰에서 떼구루루
어여쁜 몸짓에 미소 지으며

구부러진 손가락 마디로
한 개 또 한 개 집어 올리며
이게 복숭아야 뭐야?

백치같이 순진한 얼굴
호기심 가득 어린 눈망울로
아가처럼 물어 옵니다.

꽃다발 / 주선옥

이 기쁜 날 당신께 드립니다

어느 인적 드문 산길에
호젓이 피어 하늘만 바라보다
툭 틔운 한 잎의 꽃향기

이웃집 가난한 이가 매일
입가에 가득 미소로 키운
흔하지만 귀한 빨간 꽃 한 송이

바람이 지나가는 길목에서
간절한 눈빛으로 누군가와
고운 눈빛 마주치길 기다린
푸른 달개비꽃도 한 송이

그리고 오랫동안
내 마음속 깊이에 심어 두고
오직 이날이 오기만을 기다린
무지갯빛을 닮은 소망 한줄기

오늘은 눈 맞추기 좋은 날 입니다
꽃 한 송이 한 송이마다 피어 올리는
그 어여쁜 에너지를 당신께
한 아름 안기오니 부디 와락 받아주세요.

시인 최하정

>> 가슴을 열다 외 4편

대한문학세계 시 부문 등단
(사)창작문학예술인협의회 회원
대한문인협회 대전충청지회 정회원
2021 조선어학회 100주년 현대시와 인물 사전 선정
명인명시 특선시인선 선정
더불어민주당 천안지회 당원
금주의 시 선정 등 다수
문학어울림 동인지 발간
서정가곡 19선 - 그리울 겁니다. 작시
시화전: 가슴을 열다
직장교사
충남 인권교육활동 회원

가슴을 열다 /최하정

삐걱거리는 마음의 창을 들여다보니
사랑과 연민 고독과 고뇌가
석류알같이 빼곡하다

그리움이 밀려드는 사랑은
낭만의 삶 되어 글구멍에 녹아들며

알알이 박힌 비애들로 여백을 채워가려는 고단함은 줄을 서고

내면을 쥐어짜듯 꿈틀거리던 시어들은 만인들의 심금을 울리려
달려간다

그렇듯 빈 가슴에 부단히 노력하는
꿈의 합창은 산고를 감내하듯
창작의 길에 우물지며 나래를 편다

끝없이 온 천지에 빛 너울지어 퍼지는 글귀들의 춤사위에
겅중거리는 내 걸음이 가볍다.

제목 : 가슴을 열다
시낭송 : 박영애
스마트폰으로 QR 코드를 스캔하면
시낭송을 감상할 수 있습니다

치자꽃 향기 / 최하정

살랑이는 바람 타고 온몸을 휘감으며
찾아온 향기가 있다

소담스러운 뒤뜰 돌부리 사이에
비집고 앉아 핀
백옥같이 흰 치자꽃

한 자락 비워둔 가슴 사이에
꽃잎 살포시 내려와 안기니

나는 보았네
치자꽃에 묻어 따라온
임의 향기를

그 맡듯 지금도 애가 다 타고
단물나다 지쳐 드는데

코끝에 살며시 일다 스미는
향기 따라
꽃진 자리에 아련히 추억이 진다.

그리움아 / 최하정

시간을 밧줄로 동여매고
세월의 그물망에 그리움 드리워도
속절없는 주름살 미소만 짓네

알싸한 치마폭에 애틋하게 감싸주면
돌담에 걸친 바지랑대에 붉게 피어날 사랑
질긴 인연의 꼬리 애달파라

휑한 들녘은 한숨짓는데
진눈깨비 사이로 너만 바라보라던
그 시선이 미쁘다

한사리 너울이 아름차게 걸터앉아
부드러운 손길 닿으니
차올랐던 설움이 녹아 흐른다

그동안 흙벽 담장 아래 붉어진 동백도
싸라기눈 이불 덮고 수줍어 조아리며
그렇게 중년의 사랑은 소담스레 내리고

하늘의 뜻이려니
눈꽃과 촉촉한 입맞춤으로
소소리바람 이는 봄을 그리며 싹 틔워간다.

사랑 한 잔으로 / 최하정

소소하게 차 한잔하자는 말 대신
눈빛과 숨결 마주하며 얼굴만 봐도
애틋한 사랑을 그린다

계절마다 스치는 바람은 살결에 머물고
서로를 그리는 아릿한 마음으로
깍지 낀 손 기대어 걸어본다

창공에 머문 구름발치 그네를 타듯
어색함 없는 혜윰의 소용돌이 속에
아무 말 없이 얼굴을 비빌 사랑

따뜻함으로 감싸주는 배려가 정겨운
그런 사람이 내 곁에 머물러 주었으면
정화된 존경과 신뢰가 깊숙한 사랑의
차 한잔에 녹아드는 설렘

그런 기품으로 지낼 우리라는 울타리
한 살매 사람 냄새 은은히 풍기며
그대와 나의 인생이 예쁘게 익어

가슴에 향기 가득히 피어오른다.

꽃잎 그리움 / 최하정

늦은 밤 산고의 고통을 앓더니
어느 햇살 마알간 봄 나절에
꽃망울 터지고

하얀 가루 되어 흩날리던 날
마음 한편에 드리운 그리움

터질듯한 가슴으로 내리비춰지는
별빛의 귓전에 함초롬히 단장하고
치면 한 내 마음 전해 달라고

여기저기 망울 터진 가지마다 흔들려
봄사랑 알리니

이른 봄 꽃샘추위 쌉싸름한 날씨에도
볼이 후끈 달아오른다.

고옥선 김노경 김재진 문철호 박영애

박윤종 서금순 송향수 안정순 엄옥란

이동백 이상노 이은석 임석순 임재화

장화순 정용로 정은희 조충생 조한직

주선옥 최하정

충청의 향기,
비단강처럼

대한문인협회 대전충청지회 동인 시집

2022년 8월 31일 초판 1쇄
2022년 9월 2일 발행
지 은 이 : 안정순 외 21인
고옥선 김노경 김재진 문철호 박영애 박윤종 서금순
송향수 안정순 엄옥란 이동백 이상노 이은석 임석순
임재화 장화순 정용로 정은희 조충생 조한직 주선옥 최하정
엮 은 이 : 안정순
디자인 편집 : 이은희
기 획 : 시사랑음악사랑
연 락 처 : 1899-1341
홈페이지 주소 : www.poemmusic.net
E-Mail : poemarts@hanmail.net

정가 : 12,000원
ISBN : 979-11-6284-389-5